글은 꽤나 따뜻해서

글은 꽤나 따뜻해서

손지안 시집

바른북스

차례

작가의 말

기억의 흔적

그대가 걸어온 기억의 발자취들을 따라
나도 걸어보렵니다

그렇게
그대의 험난했던 기억들을
나의 흔적으로
다시 새겨봅니다

글은 꽤나 따뜻해서

모나고도 둥근 삶

조금은 모난 인생이 좋다

지금의 삶이 둥글기에
다가올 나날들의 모남을 망설이는 삶이 아닌

조금은 모난 삶이기에
다가올 나날들의 둥긂을 기대할 수 있는 삶

밝은 어두움

밝음을 보고도 어두움을 알며
어두움을 보고도 사랑이라 하는 이의 길은

바라봄이 아닌
헤아림이었음을

리듬

모든 사람들은 저마다의 삶 속에서 각자만의
리듬을 가지며 살아가곤 한다

그 리듬은 둘 이상으로 존재하기에
아름다운 선율이 되기도
조금은 거칠고 강한 선율이 되기도 한다

그리고 우리는 그 리듬을 품고 살아가며
때로는 사랑하며 살고 있다

가지각색의 리듬을 사랑하는 존재이기에
우리는 언제나 늘 아름답다

청춘의 사계절

봄이 주는 여유에
잠시 쉬어가는 듯싶다가도
여름이 주는 초록빛에
머물러 본다

가을이 주는 공허함에
잠시 내려놓는가 싶다가도
겨울이 주는 찬 바람에
다시 일어나 본다

계절이 주는 여운에 잠시 기대어 보던
찬란하고도 못난 청춘의 사계절

결실

당신과의 결실은
생각지도 못한 우연이었지만

당신과의 기억은
나의 인생에 필연이었습니다

우연이던 시간들도
이젠 필연으로 기억되려나 봅니다

끝, 맺음

깊고 어두운 바다도
그 어딘가엔 끝이 있을 것만 같은데

긴 터널도
그 끝엔 밝은 빛이 기다리고 있을 것만 같은데

당신이 준 기억은
끝맺음이 아니길
왜 이리도 염원하는가요

그 작은 꽃은

작도고 아름다운 꽃은
한순간에 져버리지만

그 작은 꽃은
서두르지 않고 일 년을 기약한다

그리고 우린
꽃의 쉬어감을
다시 만날 봄날의 기다림으로
일 년을 약속한다

사랑이라 함은

심연으로 가득했던 이 세상도
그대 앞에선 한계가 있었기에

험한 늪은 마치
세상이 주는 하나의 사의와도 같았다

모두가 열이면 열을 갈망할 때
그대는 하나만으로도 족했기에

나의 검정빛 세상은
사랑이라 하였다

그대였기에

당연하다 생각했던 시간들이
당연한 게 아님을 단연하게 해준
그대라는 이름

그대가 준 추억 속 그림은
한평생에 그려 오지 못한 소작이었다

그런, 그대였기에

나의 불이 꺼져 가는 줄도 모르고
나의 빛을 떠다 주었다

유년기의 철야

걱정, 근심 없을 시절이라던
우리의 유년기는

가장 좋을 때라던
우리의 유년기는

매 순간이 희극이자 비극의 연속이면서도
마냥 행복하진 않아서
마냥 예쁘지만은 않아서
더욱이 빛나던

유년기의 밤 너머 시간이었다

글은 꽤나 따뜻해서

건널목

그때는 보이지 않던
건널목의 밤은
지금에서야 밝았고

그때는 몰랐던
건널목의 따스함을
이제는 보내주었다

건널목의 냄새가 주는 추억을
건널목에 새겨진 그 이름들을
무어라 하는지 보니

먼 훗날 찾아올
어린 시절이라 한다

난, 당신의 안녕을

당신이 보내는 오늘의 모양은
어떤 색인지 알 것만 같아서

나의 안녕을 묻기도 전에
당신의 안녕을 사랑했다

작은 행복

작은 만남이 평생의 결실을 맺게 하듯이

작은 도약이 세상의 기틀이 되듯이

작은 행복을 만든다는 건
누군가와의 작은 기억이 소중해진다는 것

누군가가 소중해진다는 것은
작은 행복을 사랑하게 된다는 것

올곧음

그저 한결같은 마음으로
나의 세상을 바라봄은

세상이 주는 고난을
나의 믿음으로
다시 새겨나간다는 것

시적 허용

그대와의 1연은
수미상관이길 바라왔으나

그대와의 2연은
수많은 역설들로 가득 찼고

그대와의 3연은
예기치 못한 운율들을 형성했다

그리고

수미상관이길 바라온
그대와의 끝 연은
언제나 시적 허용이었다

과거의 이음새

과거에 얽매일 수밖에 없는 인생은
길과 다를 바 없기에
밟아온 흔적들이 준 풍경을
되새기며 나아간다

과거에 빠진 구렁텅이가 있었기에
지금이 존재할 수 있어서
그럼에도 존재하기에

과거의 눈물을 사랑하는
과거에 얽매인
바보 같은 삶을 애정한다

너와의 이름

우정은 친구라는 이름으로
사랑은 연인이라는 이름으로

그렇게 두 단어는 서로
애틋하게도 하나의 이름을 남긴다

그 이름들 속엔 가슴 아린 수많은
추억들의 연속인데도
그 이름을 떠올릴 때면
어찌 다 잊어버리게 되는지
알다가도 모르겠다

그이와의 이름은
그리 어울리는 문체는 아니었으나
마음을 울리는 듯하였다

유월의 길

유월이 짊어진 짐은
여전히 무겁게 남았다

그때의 유월은 소망을 품었으나
지금의 유월은 소망을 잃어간다

그때의 유월이 기다린 시간은
그저 망상으로 남았을 뿐
지금 우리의 유월은
그때의 아픔을 잊은 채
다가올 계절들의 욕망만을 바라본다

그럼에도
우리의 영원한 유월은
서서히 푸른빛이기를 소망한다

글은 꽤나 따뜻해서

철새

철새의 겉모습은
이리저리 방황하는
철들지 못한 어린아이와도 같으나

철새는
방황하기를 그치지 않고 나아간다

이미 온전한 터를 잡은 유조의 모습은
울타리에 갇힌 새에 불과하였고

한곳에 머무르지 못하는 철새의 뒷모습은
그저 곱게만 보였다

지치는 줄 모르고 방황하기 바쁜 이의 길은
철새의 아름다움을 보는 듯하였다

마지막의 여운

마지막이라는 말은
뭐든 애틋하게 만들었다

다시는 돌이켜 보지 않을 것만 같던
검게 물든 시간조차
마지막이라는 말이 붙어줘서
그 시간 동안 흘렸던 눈물들을
잊고 싶지 않아서라도
그 시간은 애틋하게도 남았다

완벽한 마무리를 짓고 싶던
지난날의 목표에서 후회는
돌이키고 싶은 미완성의 결과겠지만,
마지막에서의 후회는
목표를 애틋하게 해주었다

갈무리

험하고 난해한 언덕을 지나는 행인아
어둡고도 찬란함의 절정이
청춘의 길을 어지럽힌다 하여도

끝없는 끝 날까지
지나온 흔적에 희망을 담을지니

평생토록 청춘의 숨결이
아름다이 스며들지어이

떠나온 길을 일편단심
사랑하겠노라

뒷이야기

걸어온 길 속에 진득이 남은 자국은
지난 기억 속에서의 걸음걸이가 되었다

조금은 엉성하게 걸은 흔적을 바라볼 때면
마음을 가라앉히게도 하였으나
그럼에도 엉성하게 예뻤다

누군가가 헛디딘 발자국도
그 안에서 애절하게 품기도 하였다

지난날의 이야기가 주는 말들을
혹여나 놓칠까,
그 어딘가에 깊이도 내포하였다

애달픈 샛별

밤이 주는 여운에 못 이겨
샛별을 보았으려나

바람에 이는 새벽의 가향도
새로이 피어나는 시간도

그 모든 것이 샛별에
아름다이 스며든
시련일지어이

그이도
모든 게 감회하며, 슬피도 아름다이 빛나던
새벽빛에 흘려보내 주련다

봄

세상이 준 기쁨은
그이가 준 행복은
꽃으로 가득한
봄이었기에

세상이 준 아픔도
그이가 준 이별도
꽃으로 다시 가득할
봄이라 말할래요

글은 꽤나 따뜻해서

빈자리

날이 환하게 웃어서
유독 더욱 그리웁게 그려지는
그리운 그 사람

삶의 빈자리를
채워준 존재이기에
그 사람의 빈자리는
더욱이 서러웁게도 속삭인다

언젠가는 다시
들려올 그 목소리를
애타게도 그리어 본다

미완의 '미'

인간의 '미'는
부족함이 있기에
완성되었다

당신의 아홉수는
아홉이 지닌 모자람이 있기에
예상할 수 없는 가능성을 보였다

완성을 바라봄이 아닌
미완을 사랑하는 삶은
아름답게도 완성된 것만 같다

글은 꽤나 따뜻해서

영원

죽음을 맞이하는 날은
기어이 다가오고 있건만

그럼에도 영원은

죽음에 대한 부정도
현재에 대한 긍정도 아닌

끝 날이 주는 선물이라 말한다

봄의 쇠붙이

겨울이 지나고
한사코 봄이 찾아왔으나

봄은 쓰디쓴 쇠붙이와 함께
사랑스럽게도 피었다

쇠붙이는 계절도 모른 채
눈치도 없이 쓰라렸다

봄과 함께 피어난 쇠붙이는
차디찬 바람과 함께
동해 넘어가려나 보다

글은 꽤나 따뜻해서

성찰

나의 티끌은 모른 채
남의 티끌만을 바라보며

나의 작은 속삭임은 무시한 채
남의 이룩함을 어찌 성공이라 하겠는가

수만의 실패만 보고서 어찌 나락이라 일컬으며
수만의 성공을 보고도 어찌 부족함을 말하는가

아침이 주는 시작을
밤이 주는 마무리와
어찌 같이할 수 있겠는가

선의의 목적

선의를
하나의 도구와 포장지만을
목적으로 삼는 것은

선의가 아닌 모순된 악의에 불과하다

선의를 표하는 이에게
선으로 남는 것은
사랑이며

선의를 바라보는 이들에게
선으로 남는 것은
욕망이다

세월

부모님의 얼굴을 봬올 때면
전에는 몰랐던
세월의 흔적을 느낀다

부모님 얼굴에 나타난 주름과
거칠어진 손은
그간 짊어진 무게가 고스란히 담겼다

그 속엔
오로지 자식에 대한 사랑으로 물들어 버린
부모님의 눈물이
야속하게도 고이었다

꺼져가는 씨앗

씨앗의 싹틈을 보고
새싹이라 말하였다

그 새싹은 계절이 주는
풍향에 이끌려 이리저리 옮겨 다니다가
어느새 훌쩍 줄기를 타고
잎으로 자리 잡았다

그 잎은 수만, 수십만 번의
꺼져가는 씨앗을 딛고
무럭이도 잘 자라났다

그렇게 처음의 씨앗은
처음의 움틈은 금세도 잊어버렸다

글은 꽤나 따뜻해서

떠나가는 그이

그이의 형태는
그 어디에서도 찾을 수 없으련만
그이의 흔적은
그 어디에나 남아 있으련다

한반도 너머의 시간 또한
우리의 청춘이 메마를 때까지 영원하리라

조국을 향한 그이의 물음이
먼 훗날 찾아온다 하면

먼 훗날 우리의 청춘은 이루었으리라

망설임

그 이름이 불리어 올 때면
어찌할 바 모른 채 그저 숨기만 하였다

그 이름을 부르고 싶을 때면
뒤도 안 돌아본 채 앞만 보고 갔다

예쁘게 피어나는 꽃을 꺾게 될까 봐
그 꽃이 주는 아름다운 색채가 변하게 될까 봐

불러보지도 못한 채
한없이 멀어져 간 그 이름

글은 꽤나 따뜻해서

운명

우연의 순간이 주는 선물을
마음이 갖기엔 너무도 벅찼다

우연의 순간을
운명이라 억지 부릴 때면
운명은 매섭게도 달아났다

운명은 늘 속수무책이고
우연은 매 순간 전전반측이었다

그럼에도 당신이 존재하는 오늘은, 운명이다

당신이 준 이야기

당신이 준 조각을 담기에는
턱없이 모자란 그릇이
오늘따라 조금은 여유가 있나 봅니다

지금도 충분히 채워진 것만 같은데
몇 번이고 곱씹은 당신의 조각이
몇 번이고 더 필요한가 봅니다

그런 당신에게 오늘도 말합니다

당신이 준 이야기 속
난, 여전히 처음의 조각이라고

이별

이별에 품었던 연정을
이별에 새기어
쓸쓸한 밤에 안겨주었다

만남은 늘 기대 속에 피어난
회상이었고
이별은 늘 기대 속에 묻힌
현상이었다

여전히 겨울이라서

봄에 다가와 준 당신에게
봄이 되어주고 싶어서
봄을 느껴보려 애썼으나

난 여전히 겨울이랍니다

봄을 좋아하는 당신의 마음을
봄으로 채워주고 싶어서
봄이 되어보려 흉내도 내어보았으나

난, 여전히 겨울에 살고 있습니다

첫 장

처음의 것은
고독이었던가
고난이었던가

처음만큼의 감동은 아닐지라도
그다음이 주는 세상은
처음보다 더 빛나리라

처음의 것이 다 가고
서러움만 남았음은

아직 세상이 하는 말을 다 듣지 못함이요
여전히 세상의 말을 믿는 까닭이니라

세상의 눈

세상의 바라봄은
당신의 아름다움을 추구하며

세상의 바람은
당신의 고난일지라도

나의 바람은
고난이 아닌
치유이며

나의 바라봄은
당신의 아름다움이 아닌
당신이 지나온 고난의 한때이다

당신의 고난을 행복보다 오래도록 사랑하겠다

사랑절

당신을 꾸며주려
한때 관형절이 되어보기도 하였으나

꾸밈의 모습보단
있는 그대로의 체언에 스며들었다

당신의 이야기를 꾸며주려
한때 부사절이 되어보기도 하였으나

정해진 아름다움보단
알 수 없는 아름다움이 주는 매력에
시간 가는 줄 모르고 빠져들었다

하늘이 되어

그대가 존재하는 이 세상은
그대의 이야기를 헤아리지 못합니다

세상의 귀는
그대의 이야기를 들을 자격이 없습니다

그대가 그려낼 이야기를 위해서라면

나는 그대의 하늘이 되어
새처럼 자유로이 유영하는
당신의 이야기를 품겠습니다

문득

문득 생각나서 한 말은
사실 몇 번이고 한 생각이라
그이의 마음을 한때 사로잡았으려나

오래도록 생각해 주길 바란 그이의 염원을
성급히도 모순 지어보았다

문득 생각난 김에
오늘도 난 그이의 야속한 밤이 되어보련다

과거완료, 진행

당신의 시계는 쉬지 않고
내일을 향해 나아가건만

나의 시계는 쉬지 않고
어제를 향해 나아가기만 한다

당신은 모든 걸 잊는다 하여도
나의 이야기는 잊지 아니하리라

당신의 오늘은
어여쁜 신부가 춤을 추겠으나
나는 오늘도
하객이 되어 한때를 그리어 본다

뒤늦음

이날 아무도 모르게 꿈꿔온
우리의 세상은
조용히 문을 닫는다

꿈을 꾸기까지
우리의 세상은 바라온 바를
애곡하며 품어왔으나

현실은
우리의 세상을 뒤늦게야 품으리라 말한다

그렇게 우리의 세상은
그리 길지 않은 문턱 하나 남긴 채
쓸쓸히도 인사를 건네었다

빛, 날

그 누구도 보지 못한
젊음의 열정은

기약 없는 머나먼 미래에서야
인정받을지언정

빛으로 가득할 그날은

오늘도 어김없이
젊음의 여린 마음을
시커먼 먹으로 치장하길 바라는가

그리하여 젊음의 세상은
어둠 속에 피어나는
보이지 않는 빛을 발견하리라고 말한다

글은 꽤나 따뜻해서

사금

조금은 잊힐지라도
조금은 어설플지라도
조금은 쓰라릴지라도

여전히 빛나리라

행인의 시선을 바다가 빼앗아 갔을지라도
행인의 발이 모래로 뒤덮일지라도

여전히 빛나리라

천년만년이 지날지라도
여전히 잊힌 채 빛나는구나

들꽃의 인사

하늘에 가득히 고인 눈물을
우산으로 피하려 하였으나

풀들의 향연은
눈물을 맞이해 주었다

하늘에 가득 찬 미소를
찌푸린 눈살로 피하려 하였으나

풀들의 향연은
미소를 보고 방긋 웃었다

그 어떠한 걸침도 없이
추접스럽게 내리이는
오늘날을 받아준 들꽃은

사랑보다 더하였다

데자뷔

소낙비가 내리는 날
당신은 나그네가 되어주었거늘

소낙비가 그치길 다그치지 않던
당신의 작은 염원이
나의 위로가 되었거늘

소낙비는 더 이상 내리기를 그치었나 보다

쓸쓸히 읍내를 돌고 돌아보니
당신은 어느새
한껏 초라한 아낙네의 나그네가 되었다

소낙비가 내리던 그날처럼

그대라는 문체

그대가 그려낸 어두운 문체는
밝음을 이야기하는 것만 같아서

그대라는 문체는
아프게 예뻤습니다

못다 한 이야기

세상이 준 아픔은
그이가 준 세상이 치유하였으나

그이가 준 아픔은
세상이 치유하지 못하였다

그이가 준 운율을 사랑하며
그이가 준 역설에 속아왔으나

그이가 준 문장에 속으며
그이가 준 마침표를 사랑할 순 없었다

청렴

어린아이의 청렴은
세상의 거짓된 모순도
사랑인 줄 알았다

작은 꼬마전구가 반짝일 때면
꼬마전구는 어느새 둘도 없는 친구가 되었다

작은 발걸음을 옮겨 갈 때면
세상은 사랑을 말해주었다

오래도록 눈에 담고 싶었던
어린아이의 웃음소리가
얼어붙은 겨울바람을 간질였다

글은 꽤나 따뜻해서

애증

귓가에 맺힌 소리는
사랑이라 하나

마음은 어찌 사랑을 두고
증오를 말하는가

사랑을 증오라 할 순 없다 하여도
증오를 사랑이라 하기엔 너무도 걸맞았다

사랑과 증오가 아닌
증오를 사랑함은
사랑만이 하였다

시간을 떠나서

시간이 주는 제약이
사랑 앞에서 늘 주춤거리게 만들었다

사랑을 느끼며
사랑의 순간을 담아내지 못하는 그날이
너무도 무정하였다

그날의 때를 모르는 것이 아닌
그날의 기다림을 잊고 싶었다

그렇게
영원을 넘어 영원히
사랑을 경애하고 싶었다

편지

완벽함을 갖춘 문장보다
어설픈 진심을 담은 문장의 순애를
한없이 가애하였다

답장이랍시고
왼쪽, 오른쪽 뺨을 번갈아 가며 툭툭
떨어지는 눈물이 왜인지 반가웠다

경멸만을 말해주던 눈물도
시간을 할애하며 바친 편지글 앞에선
감격을 말해주었다

이름 아닌, 이름으로

이름을 듣고 내면을 알아차렸으나
얼굴은 모순이라 말하였다

진정 그이의 이름은
귀에 맺힌 작은 소리가 아닌

역경에 비춘 미소를 보고
알길 원하였다

　　　　　　　　　　　　　글은 꽤나 따뜻해서

허락된 시간

행복을 말할 수 있는 시간도,
아픔을 대신 짐 질 수 있는 오늘도

앞으로 얼마만큼의 시간이 허락되며
앞으로 얼마만큼의 나날들을 등지려 하는지
알 길이 없다 하여도

가늠할 수 없는 우리의 이야기는
한 페이지만을 담은
몇 권의 책이기를

시선

한 번 무너질 땐 이해를
두 번 무너질 땐 오해를 받았다

마음이 정한 것도
세상이 정한 것도 아니오나

그래야만 이 세상에서
인정을 말해주었다

한 번 넘어지는 법은 배웠으나
두 번 넘어지는 법은 실패라 하였다

글은 꽤나 따뜻해서

호구

한 번 당해놓고도
두 번 당하는 것은

세상의 이치를 모르는 것이 아닌
사랑을 주고도 사랑이 충분하기 때문이며

한 번 속이고도
두 번 속이는 것은

세상의 이치를 분별할 줄 앎이 아닌
사랑을 받고도 사랑임을 모르기 때문이다

상처

흐르는 물에
깊이 파인 상처까지 흘려보내 주면 좋으련만

상처는 지금의 자리가 뭐 그리 편한지
오래도 쉬어간다

깊은 상처를 받아줄 유일한
마음의 한구석에게
상처는 오늘도 한없이 푸념하였다

유일한 보금자리에서
유일한 시선으로
깊게 파여버린 상처를
다독여 보련다

글은 꽤나 따뜻해서

마음의 휴식

많은 걸 잃어도 괜찮다

그동안 애석하게도
많은 걸 품어온 당신은 괜찮다

오늘이 의미 없다 해도 괜찮다

그동안의 오늘이
지금의 오늘에게 의미가 되었으니 괜찮다

당신의 하루가 많이 지쳤으나
당신의 하루를 안아주면 괜찮다

넘어져도 괜찮다
일어나지 않아도 괜찮다

당신은 그렇게 해도 괜찮은 사람이다

동굴

추운 겨울을 맞이하여
겨울잠을 자며 쉬어가는 곰처럼

추운 겨울을 맞이한 당신에겐
잠시 쉬어가는 동굴이 필요할 뿐이다

겨울잠을 자는 곰은
봄이 되면 스스로 세상에 나아가나

당신의 겨울이 지나고 나면
난 당신에게 봄을 말해주련다

글은 꽤나 따뜻해서

청춘의 벗

청춘만이 할 수 있는
속전속결의 벗은

언젠가 사라짐을 기약하였으나

한때만이 할 수 있는 청춘의 벗은
그렇기에 더욱이 사랑옵다

결별은 뒤로한 채
둘도 없는 행복도 나눠 가지던
청춘의 벗은

결백하다

좋은 글귀

당신이 준 글귀가
당신에게 위로이길

당신이 사랑하는 글귀가
당신에게 사랑을 말하길

당신이 남긴 글귀가
당신에게 좋은 친구이길

감춰진 그대여

세상 속에 알려진
수많은 기적들이

그대의 앞날에 걸림돌이 된다 하여도

세상이 모르는
그대의 기적들이

그대의 앞날을 비춰 줄
작은 선물임을 잊지 않는다 하면

그 기적은 결코 헛되지 않으리라

너를 위한 시

봄이 오면
꽃 보러 가자

여름이 오면
봄에 못다 핀
꽃 보러 가자

가을이 오면
붉게 물든 꽃 보러 가자

겨울이 오면
눈에 고이 담아둔
꽃 보러 가자

글은 꽤나 따뜻해서

불가지의(不可知議)

사랑을 담아
격정을 감내함은
고통 없는 아픔이라 하였다

마냥 좋지도
마냥 나쁘지만도 않은
감개무량의 감정은
잠시에서 그치는 것이 아닌
앞날의 맺음이길 사모한다

벼랑 끝에 서 있던 어린 마음을
바람이 휘감듯 안아주던 널 사랑했기에
날 사랑했다

웃는 날

당신이 웃는 날은
하늘이 맑은 날도
하늘이 어두운 날도 아닌

당신이 웃는 날은
당신이 존재하는
우리의 하늘 아래

활짝 피어나리라

　　　　　　　　　　　글은 꽤나 따뜻해서

법계인기(法界惚氣)

하룻밤에 나눈 대화가
하루아침에 다른 가시내의 마음에 꽂혔다

그리 곱지도 않은 미소가
지지배의 얼굴을 가득 채웠다

꺄르륵 꺄르륵
계집애의 웃음소리가
오늘따라 더욱이 가증스럽다

그 가시내의 고난이
뭐 그리 깊다고
그이의 얼굴에 근심이 찼을는지

그 모냥을 보아하니
애석하게도 미어지었다

극야 속 백야

어두운 다리를 건너는 삶은
그저 밝음이 다가올 때가 아닐 뿐
존재하지 않음이 아니다

온통 세상의 거짓과 불행에 뒤덮인
당신의 시간은
비극의 이야기가 아닌
모순된 희극이다

기억상실

분명 아픔이 존재하였으나
어찌 다 잊었다

분명 계기란 게 있었으나
어찌 다 잊었다

잊기를 바라온 기억이
잊고서야 알길 원하였다

눈에 고인 눈물을
그저 닦기만 하였나 보다

애당초 잊히어질 기억을
안아줄 걸 그랬나 보다

주저 없이

정처 없이 흘러가는
시냇물처럼

끝이 없을 것만 같은
아픔에게
다음을 기약하지 않길 바라요

그저 따뜻한 온기 하나 들고서
지금 곁에 있어 줘요

그거면 족해요

다음이 아닌
지금이면 돼요

모진 말

이 말이면
충분치 않다는 걸 알면서도

괜스레 밤하늘에
작은 별 하나 그리듯

혹여나 그 품 안에
안길 수 있으려나

의미 없는 걸 알면서도
의미 없는 미련을 담아

인정을 꿈꿔왔으려나

야속한 만남

처음부터 만나지 못할 인연이었다 하면
이렇게나 아련하지 않았으련만

당신의 눈빛 하나만으로도
첫 만남이 첫 번째 만남임을 확신했으련만

어찌 만남에게
이별을 선물한다 말할 수 있겠는가

당신의 때를 사랑하며

당신이 적막한
밤의 속삭임을
좋아한다 하면

그 또한 사랑하리

당신이 오늘이 아닌
어제에 머문다 하면

그 또한 사랑하리

당신의 모든 때를 사랑하며

그 또한 사랑하리

그런 사랑을

당신에게 받은 사랑에
행복을 말하는 것이 아닌

당신에게 준 사랑에
행복을 말할 수 있는
사랑이길

친구

이룩함을
시기와 질투로 바라봄이 아닌

전심을 다해
사랑한 너는
존재가 위로였다

스스로를
의심하며 채찍질할 때

오로지 사랑으로 안아준 넌
꽤나 따뜻했다

너의 말을 좋아함도
너의 성격을 좋아함도 아닌

넌, 존재만으로 행운이다

언제부턴가

어느 순간부터
삶의 순간들이
누군가의 이름으로 채워졌으려나

그이가 준 기억
그이가 준 온기
그이가 준 아픔

모든 게 다
온통 그이의 이름으로
물들어 버렸다

글은 꽤나 따뜻해서

동아줄

누구나 지친 마음 앞에서
혼자가 되는 시기가 필요하겠으나

여태 혼자만의 고통 속에서
혼자 보내온 당신을
혼자 내버려두고 싶지 않아요

기다림의 시간을
묵묵히 기다릴 수 있으나

지금 필요한 것은
기다림이 아닌
끝까지 붙잡아 줄 사람이 아니던가요

난, 당신의 모든 순간을 놓치지 않을게요

잊을 수 없는 존재

그이가 준 시간만을
잊으라 함은
나의 숨이 다 가고 나면
잊을지언정

그이가 준 세상에
물든 삶을 살고 있음도,
그이가 준 시간을
사랑함도 아닌

그이의 시선에 살기에
오지 않을 그날까지 잊지 아니할지어이

글은 꽤나 따뜻해서

오늘의 만남

오늘이란 이름으로
어제를 바라보며
내일을 꿈꿔왔으나

먼 훗날
오늘이란 이름으로
오늘을 마주한다 하면

그땐 오늘을
사랑하겠노라

작은 바다야

하늘의 시선은
그저 푸르기만 하겠지

하늘의 바라봄은
그저 작은 존재에 불과하겠지

세상은 알까
바다의 깊음을

세상은 볼까,
바다에 비친 노을빛을

당신이 빛나는 자리

당신이 빛나기엔
너무도 아까운 순간에
머물러 있는가요

당신의 모습과는 달리
너무도 험한 늪을
혼자서 헤엄치고 있는가요

당신이 내딛는 모든 곳이
당신에게 그리 어울리진 않지만

그런 시간을
달리고 있는 게 당신이라

그마저도 빛이겠네요

짝사랑

매 순간을
느낌표로 가득 채웠으나

늘 돌아온 답변은
물음표뿐이었으려나

거짓된 사랑에 불과함을 자각하기엔
이미 모든 순간을
사랑해 버렸다

마음을 정리하기엔
그이가 준 기억들 속에 존재하는
수많은 문장들에 마침표를 찍지 못하였다

사계절의 내음

사계절이 주는 내음을 느끼며
그대가 준 향기로 가득 채웠으려나

그대가 준 향기를 품어서
사계절의 내음을 느꼈으려나

아픈 사랑

아파서 사랑을 하며
사랑을 배웠으나

사랑은 조금 철이 없던가 보다

아픔에 사랑을 불렀으나
사랑에 아픔이 서렸다

어쩌면 아플 수 있기에
사랑을 느꼈으려나

어쩌면 사랑할 수 있기에
아픔을 느꼈으려나

글은 꽤나 따뜻해서

나의 밤들아

그저 밉기만 하던
아픈 밤들아

지금에서야
미안함을 전하는
앳된 밤들아

너는 알까

밤의 눈물을
포근히 안아줄
오늘의 이야기를

별을 바라보며

같은 하늘 아래
다른 별을 바라보며
머나먼 미래를 약속하던 사랑은

다른 하늘 아래
같은 별을 바라보았을 때
가을날이 주던
사랑 이야기를 들려주련다

특별하지 않아서

당신의 이야기는
그리 예쁘지 않아서
난, 예뻤습니다

당신이 사랑하는 세상은
그리 아름답지 않아서
난, 아름다웠습니다

당신이 그리는 내일은
그리 행복하진 않아서
난, 사랑했습니다

산책

그대와 함께 걷는 숲길은
지나가던 지렁이도
날아가던 참새도
두렵지가 않다

완벽하진 않았으나
그대의 품 안에서
완벽을 꿈꿀 수 있기에
그마저도 두렵지 않았으려나 보다

도망치는 발길을 따라
같이 달리는 그대의 숨결에
또 한 번 읍애를 담는다

글은 꽤나 따뜻해서

표현할 수 없는

소중한 사람
고마운 사람
미운 사람
떠나간 사람

이 모든 이름 앞에서
단어로 표현되지 않는

말로 형용할 수 없는
때론 어리석고도 사랑스러운
봄의 변덕을 닮아가련다

회춘

예쁘게 피어날
청춘의 때는
많은 걸 잃게 되어

다시금 찾아올
그날을 바라본다

많은 걸 품고
많은 걸 기리어야만 한다던 청춘은

우리가 바라본 달의
한 부분에 속하겠지

그대라는 꽃말

붉은 장미엔 사랑을

은방울꽃엔 행복을

네잎클로버엔 행운을

개나리엔 희망을

그대라는 꽃엔
나를 담아 보렵니다

티

여백에 미를 표현해야만
그 가치를 사랑하려나

수없이 애련해 온 시간들을
처음의 것으로 되돌리어야만
끝없는 사랑을 하려나

새벽을 적신 눈물을
고이 담아야만
사랑임을 알려나

그래야만 사랑이려나

글은 꽤나 따뜻해서

가장자리

오늘도 꿈꿔온
무대의 첫 막은
중심에 품겠으나

오늘도 늘 그랬듯이
그 중심에 서 있는 건
당신의 이적이려나 보다

조금은 서툴던 당신의 허망은
비록 중심은 아닐지라도
초라한 끄트머리에서
환히 웃어 보였다

졸업

삼 년 속에 묻어난 잔향은
계절이 주는 내음보다도 아름답고 애틋하였다

때로는 거센 소나기가 앞을 가로막았으나
소나기의 모습은 그저 희게만 물들었다

수없이 걸려 넘어지며 앞으로 나아가는
어리석고도 휘황찬란한 청춘의 길은,
또 하나의 흔적으로 새겨 나간다

그렇게 서로가 동고동락하던
젊음의 때는
각자의 문턱을 넘어
서서히 결실을 맺으리라 말한다

작가의 말

젊음의 때에 머물러 있는 모든 청춘들에게,
사랑의 때에 머물러 온 모든 이들에게
이 글을 바칩니다.

단순 사랑을 담은 시가 아닌,
사랑할 수 있는 시어이길

단순 고난을 노래하는 시가 아닌,
고난을 사랑할 수 있는 시어이길

간절히 바라봅니다.

우리의 청춘은 아프고 예뻤습니다.

열여섯의 끝자락에서

글은 꽤나 따뜻해서

초판 1쇄 발행   2025. 1. 20.

지은이   손지안
펴낸이   김병호
펴낸곳   주식회사 바른북스

편집진행   황금주
디자인   김효나

등록   2019년 4월 3일 제2019-000040호
주소   서울시 성동구 연무장5길 9-16, 301호 (성수동2가, 블루스톤타워)
대표전화   070-7857-9719 | **경영지원**   02-3409-9719 | **팩스**   070-7610-9820

•바른북스는 여러분의 다양한 아이디어와 원고 투고를 설레는 마음으로 기다리고 있습니다.

이메일   barunbooks21@naver.com | **원고투고**   barunbooks21@naver.com
홈페이지   www.barunbooks.com | **공식 블로그**   blog.naver.com/barunbooks7
공식 포스트   post.naver.com/barunbooks7 | **페이스북**   facebook.com/barunbooks7

ⓒ 손지안, 2025
ISBN 979-11-7263-927-3 03810